D0993158

Nous remercions le ministère du Patrimoine canadien,
la SODEC et le Conseil des Arts du Canada
de l'aide accordée à notre programme de publication

Patrimoine   Canadian
canadien   Heritage

Le Conseil des Arts   The Canada Council
du Canada   for the arts
depuis 1957   since 1957

ainsi que le Gouvernement du Québec
– Programme de crédit d'impôt
pour l'édition de livres
– Gestion SODEC.

Illustration de la couverture
et illustrations intérieures :
Pierre Houde

Édition électronique :
Infographie DN

DANGER

LE
PHOTOCOPILLAGE
TUE LE LIVRE

Dépôt légal : 3ᵉ trimestre 2002
Bibliothèque nationale du Canada
Bibliothèque nationale du Québec

123456789 IML 098765432

LE VOYAGE EN AFRIQUE DE CHAFOUIN

Données de catalogage avant publication (Canada)

Dubé, Carl, 1972-

Le voyage en Afrique de Chafouin

(Collection Sésame ; 45)
Pour enfants de 6 à 7 ans.

ISBN 2-89051-822-1

I. Titre II. Collection.

PS8557.U229V69 2002   jC843'.6   C2002-941031-2
PS9557.U229V69 2002
PZ23.D82Vo 2002

CARL DUBÉ

LE VOYAGE EN AFRIQUE
de Chafouin

roman

**ÉDITIONS
PIERRE TISSEYRE**

5757, rue Cypihot, Saint-Laurent (Québec) H4S 1R3
Téléphone: (514) 334-2690 – Télécopieur: (514) 334-8395
Courriel: ed.tisseyre@erpi.com

*Merci à Lysanne Desjardins,
Jeannine Desgagné Dubé
et Carmen Charest
pour leurs précieux conseils*

*À Lysanne.
À Yoko et Pépin,
nos petits chats*

Chat-Pitre 1

LA LETTRE ROYALE

Au petit matin, la brume épaisse qui avait enveloppé la nuit se dissipe lentement. Chafouin, un jeune chat gris avec le bout des pattes blanc, est couché dans son panier entre sa mère, une chatte svelte au poil couleur crème, et son père, un gros matou gris au poil long. La queue de sa mère se balance et vient lui chatouiller le bout du nez. Encore endormi, il tente de calmer sa démangeaison avec sa patte. Après trois tentatives infructueuses, il se donne un solide coup sur le nez, ce qui le réveille. Encore étourdi, sa vision floue s'ajuste peu à peu. Le chaton regarde alors par la fenêtre. Un point flottant s'approche lentement et grossit de plus en plus. Intrigué, Chafouin sort du panier et s'installe sur le rebord de la fenêtre pour observer le ciel.

Tout en faisant sa toilette matinale, il fixe l'objet volant qui s'approche toujours. Peu à peu, des ailes et un très long bec se distinguent. Un sac pend sous le ventre du volatile et une casquette bleue est posée sur une tête emplumée. Un oiseau apparaît finalement…

— Papa! Maman! crie Chafouin. Réveillez-vous! Long-Bec arrive!

Chafouin saute du rebord de la fenêtre et sort de la maison. Long-Bec, la cigogne, se pose au même moment dans la cour.

— Bonjour, Long-Bec! dit Chafouin. Tu as fait bon voyage? Allez, raconte-moi un peu tes aventures!

— Hé, hé! Laisse-moi le temps d'arriver, lui répond Long-Bec, amusé.

À leur tour, les parents de Chafouin viennent accueillir Long-Bec.

— Bienvenue chez nous, dit Chapiteau, le père de Chafouin.

— Le voyage n'a pas été trop pénible? demande Charabia, la mère de Chafouin.

— Non, tout s'est bien passé, répond Long-Bec.

— Tu apportes des nouvelles pour nous? s'enquiert Chapiteau.

— Oui. J'ai pour vous cette lettre très importante, dit Long-Bec

en sortant de son sac une grande enveloppe dorée.

— Oh! qu'elle est belle! fait Chafouin, émerveillé par l'apparence luxueuse de celle-ci.

— De qui cela peut-il bien venir? s'interroge Charabia.

— Ouvrons-la, dit Chapiteau!

Le père de Chafouin décachète l'enveloppe et lit la lettre qui s'y trouve pendant que tous, autour de lui, attendent impatiemment. L'air sérieux, Chapiteau promène ses yeux sur la feuille tout en lissant ses moustaches du revers de sa patte.

— C'est une lettre de l'ordre des félins, finit-il par dire. Tous les félins sont invités en Afrique pour une grande assemblée où l'on choisira un nouveau roi.

— C'est dommage que ce soit trop loin pour que nous puissions y aller, dit Charabia. Mais c'est gentil de prendre le temps d'inviter les chats ordinaires comme nous. Vous resterez bien vous reposer un peu ? demande-t-elle à Long-Bec.

— Ce ne sera pas de refus, répond-il.

Trois coups d'ailes plus tard, Long-Bec va se poser sur la corniche de la maison où il va dormir un peu. Chapiteau s'installe sur le pas de la porte afin de profiter des rayons du soleil, mais Chafouin s'approche de lui avec une foule de questions en tête.

— Dis, papa, c'est qui le roi ?

— Il s'appelle Julius Ier, explique Chapiteau. Et avant lui, il y eut Léo le Fils et Léo le Grand. Il y eut aussi Grande-Crinière et bien d'autres. Le tout premier roi s'appelait Chapardé le Conquérant. On raconte que ce premier félin à devenir roi des animaux dut affronter Romuald, l'éléphant noir d'Asie, qui possédait le trône du royaume des animaux. Chapardé le Conquérant, astucieux, fit amener des milliers de souris dans le château de Romuald. Ce dernier avait une peur incroyable des rongeurs et il s'enfuit en laissant le trône à quiconque débarrasserait le château de ces bestioles. Alors, Chapardé le Conquérant se mit à chasser les souris et s'appropria le trône. Depuis, devant autant de finesse et d'intelligence, le trône est demeuré l'apanage des félins.

— Et ce sont toujours des lions qui sont rois ? demande Chafouin.

— Ma foi, je crois bien que oui, répond son père. Mais je n'en suis pas certain.

— Papa, j'aimerais bien aller au couronnement du nouveau roi.

— Tu es un peu jeune pour partir seul.

— Jeune ! Tu me dis toujours ça, s'offusque Chafouin. Depuis la première fois que tu me l'as dit, je dois bien avoir grandi de deux ou trois pattes de chat.

— Allez, laisse-moi réfléchir un peu. On en reparlera plus tard.

— Plus tard ! C'est ça, plus tard ! grogne Chafouin en escaladant le chêne qui surplombe la cour.

Charabia s'approche de Chapiteau en frottant sa tête contre la sienne.

— Tu ne crois pas qu'il est temps d'admettre qu'il n'est plus un chaton, notre petit ?

— Peut-être bien, fait Chapiteau en ronronnant. Mais on s'attache tellement… Prépare-lui un bon sac. Et surtout qu'il ne manque de rien.

—D'accord, répond Charabia en frôlant son nez dans le cou de son gros minet.

Charabia retourne dans la maison pour faire les préparatifs tandis que Chapiteau verse une larme en fermant les yeux. Sur le toit, Chafouin rejoint Long-Bec et le réveille doucement.

—Dis, commence Chafouin, tu l'as déjà vu, le roi?

—Oui, mon petit Chafouin. J'étais même présent lors de son couronnement. C'est moi qui coordonnait l'envoi postal de la nouvelle à l'époque.

—Comment il est?

—Oh! ma foi, il est très majestueux. Il a de puissantes jambes, une crinière dorée qui brille au soleil et un rugissement à vous donner la chair de poule! Tu imagines, la chair de poule, pour une cigogne!

Mais il a aussi un très grand cœur. Tu vois, ce sac à courrier que je porte toujours avec moi ? C'est lui qui me l'a offert pour me remercier de mes services lors de sa nomination.

— Si tu savais combien j'aimerais pouvoir y aller, mais…

— Chafouin, crie Charabia. Viens ici, s'il te plaît.

Chafouin s'élance d'un grand bond et redescend de la corniche tandis que Long-Bec déploie ses ailes et le suit. En bas, Chapiteau et Charabia attendent leur petit. Un sac est déposé à leurs pattes.

— Voilà, débute Chapiteau avec un chat dans la gorge. Hem ! Ta mère et moi avons décidé que tu pourrais aller au couronnement du roi.

— C'est vrai ? bafouille Chafouin en ouvrant grands ses yeux.

— Oui, dit Charabia. Mais il faut nous promettre que tu feras très attention.

— C'est promis, crie Chafouin en sautant de joie.

Dans son élan, Chafouin s'accroche au cou de Long-Bec et se met à danser avec lui. Ce dernier, décontenancé, a de la difficulté à garder l'équilibre.

— Mais… fais donc attention à Long-Bec, dit Chapiteau. Si tu veux qu'il t'accompagne au bateau ce soir, laisse-lui quelques plumes.

Mais Chafouin gambade encore un peu, se promenant de Long-Bec à sa mère, puis de sa mère à son père, et ainsi de suite.

Chat-Pitre 2

EN ROUTE POUR L'AFRIQUE !

Le soir venu, Chafouin embrasse ses parents, puis se dirige avec Long-Bec vers le port. Arrivé sur le quai, Long-Bec indique au jeune chat un bateau qui l'emmènera par-delà l'océan.

— Tu vois ce bateau ? demande Long-Bec en pointant un immense cargo non loin d'eux. Tu vas embarquer à son bord. Celui-ci te mènera jusqu'au Portugal. Rendu là-bas, tu trouveras un autre navire qui te conduira en Afrique. Cela ne devrait pas être trop difficile. Ça va aller?

— Sans doute! Dis bien à mes parents que je les aime. Je reviendrai tout de suite après le couronnement.

— C'est ça, mon petit, dit Long-Bec avec émotion. Va! Et fais attention.

Sur ce, Long-Bec prend son envol. Le jeune chat ramasse son sac et se dirige vers le navire. Habilement, il grimpe sur l'immense bateau et se faufile jusqu'à la cale. Là, il s'installe confortablement dans un coin, sous une fournaise, pour passer la nuit au chaud. Alors qu'il est sur le point de s'endormir, une petite voix se fait entendre.

—Regarde, maman, dit un raton. Un intrus.

—Mais sauve-toi, Arnold! fait sa mère. Tu ne vois pas que c'est un chat? Il va te manger.

Immédiatement, Chafouin se lève et s'adresse à la mère:

—Holà! Je ne vous mangerai pas, commence Chafouin.

Il n'a pas le temps de pousser plus loin la conversation, car la mère et son petit se sont déjà enfuis. Chafouin se recouche, un peu insulté.

Plus tard dans la nuit, Chafouin sent quelque chose qui lui pique le nez. Il ouvre les yeux et aperçoit un rat, sans doute le père du petit, qui lui pique le nez avec une fourchette.

—Si tu crois qu'on va se laisser manger ainsi, tu te mets la queue dans l'œil!

— Mais, Monsieur le rat, lui dit Chafouin en le capturant sous sa patte de velours, je n'ai pas l'intention de manger qui que ce soit.

— Alors, que fais-tu sur ce bateau?

— Je vais en Afrique, au couronnement du roi des animaux.

— Tu n'es pas un chat employé par le capitaine du navire pour nous exterminer ? demande le rat en se dégageant de sous la patte de Chafouin.

— Pas du tout. D'ailleurs, personne ne sait que je suis ici.

— Très bien, lui dit le rat qui reprend de l'assurance. Va comme bon te semble, mais si tu touches à l'un d'entre nous, tu auras affaire à moi.

— N'ayez crainte. Je vous promets de ne pas vous toucher un seul poil, dit Chafouin en portant la patte sur son cœur. Parole de félin !

Et le rat s'en retourne. Chafouin, quant à lui, décide d'aller voir ce qui se passe dehors. À cette heure de la nuit, il y a peu de gens sur le pont. Alors qu'il hume l'air frais et salé de la mer, une odeur de poisson frit vient lui taquiner les narines.

Cette odeur le conduit jusqu'à la cuisine qui semble vide. Chafouin entre. Il grimpe sur le comptoir et s'approche d'une assiette emplie à ras bord de poissons fraîchement frits. Mais au moment où il va mettre la patte sur l'un d'eux, une main le saisit par le collet.

— Alors, on veut goûter à ma cuisine ? s'écrie un homme en brandissant un immense couteau. Eh bien ! Faudra attendre !

Et l'homme balance Chafouin dans le fond d'un placard en refermant la porte. Seuls quelques rayons de lumière pénétrant sous la porte éclairent la prison dans laquelle il se retrouve. Il est bien triste et l'estomac commence à le tirailler. Il se met alors à pleurer. Presque immédiatement, l'homme ouvre soigneusement la porte et dépose un poisson sur le sol. Chafouin, sans attendre, se précipite sur celui-ci et le dévore.

Plusieurs jours ont passé ainsi. La dernière nuit avant d'arriver au Portugal, Chafouin, bien endormi dans sa prison, sent quelque chose qui lui pique le nez. Il se réveille en sursaut, ce qui fait voler le père-rat contre le balai dans un coin du placard.

— Holà! chaton! Doucement! C'est comme ça qu'on me remercie?

— Te remercier de quoi? demande Chafouin, encore tout ensommeillé.

— De venir te sortir du pétrin.

— Comment veux-tu que je sorte d'ici? demande le chat.

— Par là, indique le rat en montrant un trou dans le mur au fond du placard. Lorsque nous avons appris ce qui t'est arrivé, ma famille et moi avons décidé de te donner un coup de dent et nous avons grignoté ce trou. Je crois qu'il est assez gros pour que tu puisses passer.

Le rat pénètre alors dans le trou. Chafouin se faufile derrière lui. Ils suivent des passages secrets que seuls les rats du navire connaissent. Ils parviennent finalement dans la cale où Chafouin ramasse son sac.

— Bonne route ! fait le rat.

— Merci pour tout ! Et sachez que ce ne sont pas tous les chats qui chassent les rats. Au revoir !

Et Chafouin quitte le navire tout aussi discrètement qu'il y était monté.

Chat-Pitre 3

ESCALE
AU PORTUGAL

Se promenant sur le quai à la recherche d'un autre navire, Chafouin aperçoit trois chiens vers lesquels il se dirige afin de leur demander de l'aide. Arrivé près d'eux, il les interpelle :

— Bonjour ! Je cherche un navire qui va en Afrique. Pouvez-vous m'aider ?

Immédiatement, les chiens encerclent le chat. Chef, un doberman avec une balafre sur la truffe, s'approche de Chafouin. Les deux autres, Frankeinstein, un beagle au nez plat, et Gringo, un chihuahua maigrichon, regardent la scène en ricanant.

— Tu vas en Afrique, petit chaton à sa maman. Pourquoi ? Tu n'aimes pas le Portugal ?

— Non, dit Chafouin. C'est parce que je vais au couronnement du roi des animaux.

— Le roi des animaux, vraiment ! s'exclame le doberman. JE suis le roi des animaux, ajoute-t-il d'un air démoniaque. Tu veux voir un couronnement ? Tu vas en voir un ! Ce n'est pas toujours très gai… Les gars, dit le doberman aux autres, attrapez-le !

Chafouin a bien peur de ce que ces chiens vont faire de lui. Alors qu'il est sur le point de se mettre à pleurer, il entend une voix derrière eux.

— Bonjour, *my Lords*.

C'est un chat rondelet, couleur sable et portant une redingote et un chapeau haut de forme, à l'air plutôt distingué, qui les interpelle :

— Pardonnez mon incursion, dit-il à Chef, mais je me demandais si nous ne nous étions pas déjà rencontrés. Vous me rappelez un grand chien irlandais qui était mon voisin en Angleterre. Au palais de Buckingham, plus exactement.

Tout en parlant, le nouveau venu s'approche de Chafouin. Discrètement, il lui glisse :

— Allez, petit, file !

— Mais je ne peux pas, murmure Chafouin, je dois trouver un navire pour l'Afrique…

— Déguerpis que je te dis, répète l'inconnu, s'apercevant que son manège ne fonctionnera plus très longtemps.

Les chiens s'approchent en montrant leurs crocs et, soudainement, se jettent sur eux.

— Sauvons-nous! crie le chat en entraînant Chafouin avec lui.

Les chiens se lancent à leurs trousses. Très rapides, les deux chats bifurquent dans une ruelle. Le chat inconnu disparaît dans une direction, suivi de Frankestein et de Gringo, tandis que Chafouin, lui, commence une course folle entre des caisses qui traînent un peu partout sur le quai. Mais Chef ne le laisse pas s'enfuir, gagnant même du terrain sur lui. Alors qu'il sent l'horrible haleine du chien se rapprocher de lui, Chafouin, arrivé au bord du quai, se jette dans le vide. Le cabot réagit trop tard et plonge la tête la première dans la mer. Quant à lui, Chafouin s'est agrippé au câble qui amarre le navire au quai. De là, il monte sur le navire. Sur le pont, il regarde par-dessus bord.

— Pauvre chat, dit tout haut Chafouin. J'espère qu'il a pu s'en sortir.

— Et comment donc, fait le chat inconnu qui, discrètement, s'est approché de Chafouin.

— Monsieur le chat! s'exclame Chafouin en lui sautant au cou. Comment avez-vous fait?

— Tu sais, les cabots ne sont pas toujours intelligents... Pour l'instant, viens. Je vais te montrer comment on voyage avec classe.

Les chats trouvent refuge dans la cabine de jeunes mariés où ils sont traités comme des pachas tout le temps que dure le périple en mer. En sécurité, entre deux sessions de caresses, les deux félins passent enfin aux présentations.

— Moi, je m'appelle Chafouin et je viens d'Amérique. Je vais au couronnement du roi. Et vous ?

— Lord Trotter. Je suis Lord KitKat Trotter, célèbre aristochat d'Angleterre, reconnu à travers le monde, que je parcours, d'ailleurs, régulièrement. Le couronnement du roi ? C'est une bonne idée. Cela t'embêterait-il si je venais avec toi ?

— Oh non ! Ce sera un honneur pour moi d'être accompagné par quelqu'un d'aussi prestigieux que vous.

— Prestigieux, ronronne KitKat. En effet, fait-il en lissant ses moustaches d'un air fier.

Chat-Pitre 4

LA TRAVERSÉE
DU DÉSERT

Quelques jours plus tard, quand le navire fait son entrée dans le port de Tunis, Chafouin et KitKat prennent congé de leurs hôtes.

— Ouf! Quelle chaleur! fait Chafouin en s'épongeant le front du revers de la patte.

— Et que de sable ! ajoute KitKat en pointant le désert qui s'étend devant eux.

— Par où allons-nous ? demande Chafouin.

— Je ne sais pas, répond KitKat. Renseignons-nous.

KitKat interpelle le premier animal qu'il voit :

— Holà ! Chameau ! Venez par ici !

— Cela suffit, les insultes ! répond la bête. Je suis un dromadaire ! Pas un stupide chameau !

— Mille excuses, *Sir*, fait KitKat en s'inclinant bien bas. Je n'avais pas remarqué que vous ne portiez qu'une seule bosse.

— Savez-vous où a lieu le couronnement du roi des animaux ?

— Oui, mais c'est loin dans le désert, répond le dromadaire. Et ne me demandez pas de vous y conduire.

— Mais, commence KitKat en prenant ses grands airs d'aristo-chat, nous n'oserions pas vous demander une telle chose. Vous êtes une bête tellement remarquable qu'une telle demande de notre part serait déplacée. Remarquez que ce n'est pas l'envie qui nous manque de monter sur votre magnifique dos. Ce serait un honneur pour nous. Et nous sommes certains que, assis sur le dos de votre splendeur, nous ferions l'envie de tous.

— Vous croyez vraiment ? demande le dromadaire.

— Tout à fait, répond KitKat en faisant un clin d'œil à Chafouin.

— Vous voulez que je vous conduise au couronnement ? leur demande le dromadaire.

— Nous ne voudrions pas abuser, ajoute KitKat, feignant d'être mal à l'aise.

— Très bien, dit le dromadaire en faisant demi-tour.

— Mais si vous insistez autant, dit KitKat en courant pour lui bloquer le chemin.

Quelques jours après avoir souffert de chaleur et rencontré de nombreux mirages, le dromadaire, Chafouin et KitKat arrivent près du lieu de couronnement.

— Venez voir, KitKat. Il y a une oasis non loin d'ici.

— Allons donc, c'est un autre mirage, dit KitKat.

— Mais ce n'est pas un mirage, insiste Chafouin. Il y a des félins qui arrivent de partout.

— Bonjour, dit une panthère qui arrive nez à nez avec les chats.

— Bonjour, répond Chafouin. Vous allez au couronnement du roi?

— Effectivement. La cérémonie doit avoir lieu demain. Aujourd'hui, c'est la présentation des candidats au trône.

— Nous pouvons vous accompagner? demande Chafouin.

— Bien sûr, dit-elle.

Les deux chats disent au revoir à leur ami dromadaire et poursuivent leur chemin en compagnie de la panthère.

Chat-Pitre 5

CHAFOUIN, FUTUR ROI ?

Chafouin, KitKat et la panthère sont rapidement rejoints par d'autres félins, car de toutes les directions arrivent des lions, des tigres, des panthères, des léopards, quelques lynx, des cougars et d'autres espèces d'animaux ne faisant pas partie de l'ordre des félins, comme des hyènes, des éléphants, des perroquets, des girafes, des singes et plusieurs autres mammifères et volatiles que Chafouin n'a jamais vus.

Tous pénètrent dans l'oasis, au centre de laquelle une immense clairière entoure un lac où ils vont se désaltérer. La panthère explique aux deux chats le déroulement d'un couronnement :

— Tout d'abord, commence-t-elle, on présentera les candidats. Vous voyez ce lionceau qui dort près du lac ? C'est Crinière-Fanée, le premier candidat, encore jeune et déjà paresseux. Il y a ensuite Griffon, le tigre là-bas, sous le figuier…

— Un tigre ? interrompt Chafouin. Je croyais que seuls les lions pouvaient devenir roi.

— En pratique c'est ce qui arrive, explique la panthère, mais le règlement précise que tous les félins, peu importe leur espèce, peuvent se présenter.

— Tous les félins peuvent se présenter, répète Chafouin, rêveur.

— Finalement, le dernier candidat, c'est ce lion à l'allure fière qui se pavane près des lionnes. Il s'appelle Cornelius.

— Il est très beau, dit Chafouin.

— En effet, confirme KitKat. Il a l'allure d'un… d'un lion, ma foi !

Assis sous un arbre, Chafouin et KitKat attendent patiemment le début des cérémonies. Lorsque les rayons du soleil se teintent de rose, le roi Julius Ier fait son apparition, suivi par dix vieux lions et un tigre qui forment le conseil du roi. Ce sont eux qui auront la tâche de désigner son successeur, qui régnera pendant quinze années.

Le roi s'installe sur la butte la plus élevée et ouvre les cérémonies par un immense rugissement. Espèce après espèce, les félins imitent le roi, sous les regards impressionnés des autres animaux. Puis la panthère indique à Chafouin et à KitKat que c'est à leur tour. Prenant une grande inspiration, ils poussent leur plus puissant miaulement. Il va de soi que la foule reste surprise. C'est le silence dans toute l'oasis. Certains animaux qui ne connaissent pas le miaulement du chat murmurent leur étonnement. Finalement, le roi prend la parole : «Chers amis, je vous remercie, au nom de l'ordre des félins, d'être venus assister à la cérémonie de couronnement du nouveau roi. Présentement, nous avons trois candidats : Crinière-Fanée, lionceau, Griffon, tigre, et Cornelius, lion de bonne famille. Comme le veut la tradition, que celui ou celle qui désire s'ajouter à la liste des candidats le dise maintenant. »

Nerveux, Chafouin s'avance devant la butte du roi et dit :

— Moi, Chafouin, je désire m'ajouter à la liste des candidats.

Le silence plane à nouveau dans l'assemblée. Puis une hyène crie :

— Cette petite chose, être le roi des animaux. C'est trop drôle !

Et elle se met à ricaner avec toutes les autres hyènes et le reste de l'assemblée. Devant tant de mépris, Chafouin tente de demeurer digne et refoule ses larmes. C'est le roi qui, poussant un rugissement, ramène l'ordre dans l'assemblée.

— Silence, dit-il. Tous les félins peuvent se présenter. Chafouin sera candidat au même titre que les autres et aura droit au même

traitement. Y a-t-il un félin qui veut parrainer la candidature de Chafouin ?

— Oui ! Moi ! clame KitKat. Mais laissez-moi passer, dit-il en repoussant deux tigres qui lui bloquent le chemin.

— Te voilà officiellement candidat au trône, dit le roi. Nous nous retirons maintenant afin de rencontrer chaque candidat individuellement. Au matin, j'annoncerai le nom du futur roi.

Et il se retire avec son conseil, sous le figuier royal, et convoque Crinière-Fanée. Chafouin demeure avec KitKat en attendant patiemment que son tour arrive. Ce n'est que quelques minutes avant que le soleil ne disparaisse pour la nuit qu'un lionceau vient chercher Chafouin et KitKat pour l'entrevue. Ils sont conduits devant le roi et ses conseillers.

— Assoyez-vous, les invite le roi.

KitKat et Chafouin s'installent devant les membres imposants du conseil.

— Parle-nous un peu de toi, Chafouin, dit le roi.

— Eh bien, j'habite en Amérique et mes parents sont Charabia et Chapiteau. C'est la première fois

que je voyage et je trouve cela for-
midable de rencontrer tant de félins. Je me suis fait un ami, Lord
KitKat que voici.

— Sais-tu te battre, lui demande
un des conseillers ?

— Euh !

— Ce petit est fort modeste, car
il est, en fait, un fier combattant,
intervient KitKat. Au Portugal, il
a mis en déroute, à lui seul, une
meute de trente chiens qui vou-
laient me transformer en tapis de
foyer. Vous auriez dû assister à cela,
termine-t-il en donnant une petite
tape dans le dos de Chafouin.

— Et tu crois pouvoir régner sur
le royaume des animaux ? demande
un autre conseiller.

— Bien, j'imagine que ce n'est
pas trop difficile. Et être roi, cela permet d'avoir des serviteurs comme
vous…

— Pardon ? fait un conseiller, choqué par la réponse de Chafouin.

— Le petit, intervient de nouveau KitKat, veut dire que cela permet d'avoir de loyaux conseillers comme vous l'êtes.

— Je crois que cela nous suffit, dit le doyen des conseillers. Nous prendrons notre décision durant la nuit. Merci ! Laissez-nous maintenant.

Sans pouvoir ajouter quoi que ce soit, Chafouin, accompagné par KitKat, retourne sous un arbre et se couche, un peu déçu de l'accueil que le conseil lui a fait. Chafouin est triste d'avoir été ridiculisé de la sorte, lui qui croyait que les chats étaient d'une race noble et respectée. Finalement, c'est en se disant qu'il aura au moins essayé qu'il s'endort.

Chat-Pitre 6

LE SECRET
DES ROIS

Au milieu de la nuit, dans ses rêves, Chafouin se voit élu roi. Tous les félins l'acclament. Mais lorsqu'on lui remet la couronne, celle-ci, trop grande pour sa tête, glisse autour de lui. Il entend alors, du fond de l'assemblée, le ricanement des hyènes puis le rire de tous les autres animaux présents qui n'en finissent plus de se moquer de lui.

Chafouin se réveille en sursaut.

— Tu as fait un cauchemar? lui demande le roi qui veillait tout près.

— Le choix est fait? interroge Chafouin sans répondre à la question du roi.

— Pas encore. Mais ce ne sera ni toi ni le tigre Griffon.

— C'est parce que je suis un vulgaire petit chat, n'est-ce pas?

— Voyons, fait le roi. Ne te diminue pas ainsi. Les chats appartiennent à une très grande race. Tu veux que je te confie un secret? Promets-moi de ne jamais le répéter, car c'est un secret que seuls les rois se transmettent.

— C'est promis, dit Chafouin. Parole de félin!

— Tu connais l'histoire de Chapardé le Conquérant?

—Mon père me l'a racontée avant mon départ. Il paraît que c'était le plus futé et le plus astucieux de tous les lions.

—Eh bien, tu te trompes, dit le roi. Chapardé le Conquérant était effectivement brillant et rusé, mais il n'était pas un lion. Il était un chat !

—Un chat ! fait Chafouin, ébahi.

— Eh oui! Un chat de gouttière qui a eu le courage de défier le vieil éléphant Romuald et qui a conquit le trône du royaume des animaux. Par la suite, il a suggéré que les lions soient rois, parce que ceux-ci sont forts et sages. Mais il a insisté sur la possibilité que tous les félins puissent se présenter. Il a dit qu'on ne sait jamais quand on trouvera ailleurs quelqu'un de plus futé que soi.

— Le premier roi était un chat, se répète Chafouin, heureux de connaître ce secret.

— Maintenant, je dois te quitter, dit le roi.

— Votre Majesté! interpelle Chafouin.

— Oui?

— Votre couronne…

— Qu'est-ce qu'elle a, ma couronne?

— Elle est de travers, dit Chafouin qui, avec sa petite patte blanche, la replace.

Sur ce, le roi retourne auprès de son conseil qui ne semble pas se décider entre Crinière-Fanée et Cornelius. Chafouin, tout heureux, se rendort en s'imaginant la vie de Chapardé le Conquérant.

Chat-Pitre 7

ET LE NOUVEAU ROI
EST...

Le lendemain matin, Chafouin est réveillé par le brouhaha des autres félins, déjà debout depuis long-temps.

— Viens vite, le presse KitKat. Ils vont annoncer qui est le nou-veau roi.

Les éléphants se regroupent, puis, solennellement, jouent de leur trompe un air glorieux. Un à un, les félins font une haie d'honneur menant à la grande butte. Sous le murmure de ses sujets, le roi Julius Ier la remonte. Il semble à Chafouin que le roi n'a jamais paru aussi prestigieux et impressionnant. Sa grande crinière dorée lui donne des airs de dieu.

En arrivant près de Chafouin, le roi lui fait un clin d'œil complice, ce qui fait rougir ses poils de moustache. Julius Ier monte sur la butte et rugit pour la dernière fois en tant que roi.

« Après avoir rencontré tous les candidats, commence-t-il, et après avoir délibéré avec le conseil durant la nuit, je suis en mesure de vous présenter votre nouveau roi : Cornelius Ier. »

Tous les lions rugissent de joie, sauf Crinière-Fanée qui paraît déçu.

Les tigres boudent un peu, mais rapidement, puisqu'ils ont l'habitude de la défaite, ils se joignent à la fête. Chafouin, même s'il n'est pas l'élu, est content du choix et danse avec Lord KitKat. Pendant ce temps, une cigogne donne le signal et des centaines d'oiseaux-facteurs prennent leur envol pour aller répandre la nouvelle aux quatre coins du royaume des animaux.

Le nouveau roi monte sur la butte rejoindre Julius Ier. Ce dernier lui remet alors la couronne, puis s'installe en retrait avec les membres du conseil. Pour la première fois en tant que roi, Cornelius Ier prend la parole : « Je tiens à mentionner que Julius Ier demeurera au sein de mon conseil, dit-il. Je voudrais dire aussi que j'invite Crinière-Fanée, Griffon ainsi que Chafouin à devenir membres honorifiques de mon conseil. Mon cœur leur sera toujours ouvert et ils seront éternellement les bienvenus chez moi. »

Le nouveau monarque termine son discours par un rugissement qui résonne jusque dans le fin fond du désert. Tous les animaux présents lui répondent et la fête commence au royaume des animaux.

— Longue vie au roi ! crie KitKat en lançant son chapeau dans les airs.

Les éléphants se remettent à jouer de la trompe tandis que des singes et des macaques jouent des percussions avec des noix de coco. Les oiseaux organisent un magnifique ballet aérien. Chafouin regarde tout cela, heureux de l'honneur que lui a fait Cornelius Ier. Il se joint aux autres pour faire la fête qui dure une journée et une nuit entière.

Chat-Pitre 8

LE RETOUR
EN AMÉRIQUE

Après les festivités, Chafouin décide qu'il est enfin temps de prendre le chemin du retour. La tête pleine d'histoires aussi incroyables que merveilleuses, Chafouin et Kit-Kat se font leurs adieux sur le quai, en Tunisie.

— C'est ici que nos routes se séparent, dit tristement KitKat.

— Pourquoi ne viendrais-tu pas en Amérique avec moi ? demande Chafouin.

— L'Amérique est-elle prête à accueillir un chat aussi prestigieux que moi ? répond KitKat. Personnellement, je ne le crois pas.

Bien des jours plus tard, sur le pas de la porte, Chapiteau sommeille agréablement au soleil, tandis que Charabia fait sa toilette dans la maison. Dans son sommeil, le gros matou sent quelque chose qui lui chatouille le nez. Il ouvre les yeux et voit Chafouin qui lui passe le bout de sa queue sur le nez.

— Bonjour, papa !

Chapiteau bondit sur ses pattes et ronronne de joie.

— Charabia ! miaule-t-il. Le petit est de retour ! Viens vite !

Puis, s'adressant à Chafouin, il dit :

— Mon petit, tu vas bien ?

— Bien sûr, papa, répond Chafouin en se frottant la tête contre celle de son père.

Charabia vient se joindre au câlin familial.

— Comme il a grandi, dit-elle.

— Hem ! fait une voix derrière eux.

— Oh ! fait Chafouin. J'oubliais. Maman ! Papa ! Voici Lord KitKat Trotter, aristochat d'Angleterre. Je l'ai invité à la maison.

— Bienvenue chez nous, lui dit Chapiteau.

— Vous prendrez bien un peu de lait, lui offre Charabia.

— Ce ne sera pas de refus, dit KitKat. Avec un soupçon de thé, si vous en avez !

— Et moi, je vais vous parler de mes aventures, dit Chafouin, impatient de raconter, en version améliorée, son histoire.

Ce jour-là, Chafouin attire l'attention de bien des chatons qui, depuis ce temps, rêvent au prochain couronnement et s'imaginent devenir le futur roi des animaux.

TABLE DES MATIÈRES

Carl Dubé

Depuis sa plus tendre enfance, Carl Dubé est un amoureux de la lecture et du cinéma. Un jour, il a rencontré la femme de sa vie et, pour la séduire, comme elle aime beaucoup les chats, il a écrit pour elle *Le voyage en Afrique de Chafouin* qui est son premier roman de littérature de jeunesse. Depuis, ils se sont mariés, ont eu un enfant et vivent heureux avec Yoko et Pépin, leurs deux chats. Originaire de Terrebonne, Carl Dubé habite maintenant Montréal où il fait carrière à titre de scénariste et de réalisateur.

SÉSAME

Collection Sésame